新しい韓国の文学

09

耳を葬る

ホ・ヒョンマン詩選集

吉川凪＝訳

もくじ

『陰』（十月、二〇一二）

爪

江原道《カンウォンド》乾鳳寺《コンボンサ》のトイレで厚いガラスのドアに指が挟まり
人差し指と中指の爪から赤い血が噴き出した
その瞬間　あっけにとられた
疼《うず》くような痛みはしばらく後のこと　気分は妙にさえざえと
冬天を飛ぶ一羽の鳥までひときわ輝いて見えた
詩を書く精神とは　こういうものなのだろう
緊張と怖れ　痛みと涙を内に隠しておくことが
生きてゆくのに　どれほどたいせつな徳であるのかを
血を吐いて一喝している爪
詩人の人生とは　こういうものなのだろう

耳を葬る

見てはならないものを見ずに暮らそうと思った
言ってはならないことを言わずに暮らそうと思った
見て語ることはすべて耳に通じるから
聞いてはならないことも聞かずに暮らそうと思った
だが洞穴で壁に向かって座禅でもしない限り　致し方ないではないか
とうとう聞いてはならない声を聞いてしまったから
許由《きょゆう》のように耳を洗うぐらいでは済まされない
すっぱり耳を切り落とすしか　そうして切った耳を拭き清め
松籟《しょうらい》清らかな　日当たりの良い場所に葬るべく
九十二の老母が住む智異山《チリサン》へ向かう

【許由】中国古代の伝説に登場する高潔な隠者。堯帝が高い地位を与えようと言ったとき、許由は汚らわしいと言って川で自分の耳を洗ったとされる。

松餅《ソンピョン》

シスター・レオナルドが松餅を持ってきた
多文化家庭のためにこしらえたという松餅が
まるで善女菩薩か天地道士みたいに
そっと私の方を見て意味ありげに微笑んでいる
どうやら私の出生の秘密を知っているらしい
私の祖父の祖父　駕洛《カラク》国の始祖金首露《キムスロ》王が
インドのアユディア王国の許黄玉《ホファンオク》を王妃に迎え
いわばわが国最初の多文化家庭を築いた人で
私がその子孫であることを知っているかのごとく
松葉やゴマの馥郁《ふくいく》たる香りで食欲をそそる

【松餅】 秋夕《チュソク》（旧暦八月十五日）のときに食べる、米の粉を蒸してつくった半月形の餅。ゴマや栗などを餡にして入れる。

【駕洛国】 金官伽耶とも。二世紀から三世紀にかけて朝鮮半島南東部にあった小国の一つ。

礼拝《らいはい》

智異山《チリサン》の奥で
九十を越えた母が
サツマイモの蔓を持ち上げる
ずるずると出てきて世の中を照らす
あの赤いサツマイモを前に私は
両手を合わせて礼拝する
すぐ横のゴマ畑から
よく熟した母の読経の声が
朗々と響き
その読経にも私は
手を合わせて拝む
そうして半日が過ぎた

和尚

生れて初めて
和尚さんに呼ばれ　お昼を御馳走になった
ありがたくいただき　お辞儀をして外に出ると
今度はウィスキーを一本持たせてくれた
大事にかかえて山に戻った
その日の夜　ウィスキーを開け
一杯やった
いい詩を書けよ　と言われたのだと思い
もう一杯飲んだ
いい詩を書かなきゃな　そう言われたのだと思い
続けさまに飲んだ
ひとり酒なのにただただ充実していた

そうしてちびちびやっているうち
瓶はほとんど空になり
山の奥深く霧がたちこめていた
「おい*、詩なんざ　どうってこたないぞ
ある日は草の虫に泣き
ある日は野の花を見て笑えばいいんだ」
遠い霧の中から
和尚の豪快な笑い声が聞こえた

＊詩人チョ・オヒョン和尚の詩の一節。

爺さん

私もいつしか爺さんになり
孫の写真を持ち歩く
口もと　にっこり
眼もとも　にこにこ
声を出さずに笑う姿ときたら
大便まで香《かぐわ》しい
生後二か月にも満たない孫
おかげでこの爺さんまで
暇さえあれば
人知れずにやにやしている姿ときたら

赤ん坊のための歌

――孫のミノに

この世で最も美しい言葉は
赤ん坊です
この世で最も香《かぐわ》しい言葉も
赤ん坊です
天が下さった最も貴い贈り物が
赤ん坊です
天が下さった最も大きな祝福も
赤ん坊です
赤ん坊の瞳は
夜空の星よりも輝き
赤ん坊の笑みは

真昼の陽差しよりもっと明るいのです
赤ん坊の口からは
いつも香気が漂い
赤ん坊の手は
いつも神秘の夢を握ったり放したり
赤ん坊がいるから
母は偉大で
赤ん坊がいるから
世は喜びに満ちるのです
ただ赤ん坊だけが
眼に入れても痛くなく
赤ん坊だけが
胸温まる愛なのです
おお　赤ん坊がいるから

泉のごとく溢れる幸福よ
おお　赤ん坊がいるから
虹のごとく咲き出す微笑みの花よ

まぶしい日

雀が一羽
日差しのかけらをついばむ
はあ　まぶしい日

善終《ぜんしゅう》と入寂《にゅうじゃく》のあいだ

金寿煥《キムスファン》枢機卿が亡くなり
法頂《ポプチョン》和尚も逝かれた

寂しい地上に
鳥一羽すら飛ばない

善終と
入寂のあいだ
清らかな雪に
満ちて

【善終】カトリックの用語で、罪のない状態で死ぬこと。金寿煥枢機卿は二〇〇九年九月十七日に逝去。

【入寂】僧侶が死去すること。法頂和尚は二〇一〇年三月月十一日に逝去。

陰という言葉

陰という言葉
とても耳触りがいい
その深く静かな中に
聞いた耳を千年間下ろしておいて
青い風としてでも
あなたのために留まりたい
陰と言う言葉
とても耳触りがいい

李康秀《イガンス》

僕の友達
四十年来の田舎の友達
僕を健康にしてやろうと
昌平《チャンピョン》の肉屋に行き
その日屠殺した牛の肉を買ってきて
生で食わせる友
焼いても食わせる友
僕が倒れて気を失ったりしないように
五台山《オデサン》まで出かけ
樹齢数百歳の漆の木を買ってきて
煎じて飲ませる友
冷ましても飲ませる友

六十を過ぎた今でも
いつも青々とした新芽のような
四十年来の田舎の友達
僕の友達

コクゾウムシ一匹

この命はどこからお出ましになったのか
ご飯をよそおうとして驚いた

真っ白いごはんに
真っ白いコクゾウムシ一匹

圧力釜の湯気で
米といっしょに蒸れながら
一食分の糧《かて》になってやろうと
こうしてわが身を差し出す命もあったのだ

早朝の陽射しが湿った風を振り払いつつ
開け放した窓から入ろうとする瞬間

舎利《しゃり》を従えた方

樹齢三百五十年にもなるという
白雲面愛蓮里《ペグンミョンエリョンリ》に
欅《けやき》が結跏趺坐《けっかふざ》を組んでいらした
たくさんの舎利を従えて

もっと古いようにお見受けするけれど
元来人間の言う年齢なんてものは
嘘っぱちで信じられないものだから
まあそんなものかとその広い木陰で休んでいたが

あんまり冷えるので立ち上がり
両手を合わせて梢《こずえ》が見えるまで仰ぎ見た

あながち日光のせいだけではなかろうが
細い枝や若枝の間をすいすい渡る
野鳥のかぼそい足指が銀の鱗みたいにきらめいた
その時だ　数多くの舎利たちは互いに体をこすりつけ
静かな波動が徐々に空を押し上げつつあった

白雲面愛蓮里に
樹齢三百五十年とは関係なく
たくさんの舎利を従えた方がいらした
世の足跡も細かい篩《ふるい》にかけながら
存在すらわからないほど　ひっそりと

金文字

信心深く寺に通う母が
たんすの奥深くしまってあった
金文字の般若心経を出し
黙って私の手を握るのです
母の荒れた手がどうしてこんなに温かいのか
私が眼で笑って見せると
母は読めるところをたどたどしく音読しながら
涙を流して南無阿弥陀仏と合掌するのです
その日の夜　私は寝つけませんでした
母が流したあの小川のような涙が
足もともおぼつかない老齢ながら　自分の血を
金泥に変えて記した文字だったとわかったものですから

張思翼《チャンサイク》

あの声が天地を轟かせる
あの声が雷鳴　あの声が山おろしの風
あの声が血を含んだ悲しみの塊
あの声がくねくねと千里を流れる深い川の水
ああ　あの声が凌雲《りょううん》だ
あの声が雲を貫き　あの声が肉身を脱ぎ捨てる

【張思翼】現代の代表的なパンソリ名人。

カタバミ

世の最も低いところで
地を這ったことがあるか

誰も見向きもしない
この辺鄙な地が天であったなら
命を捧げ　ともに這うことができるか

這って　這って
ついに身を投げ出してしまった場所に
小さな花ひとつ
灯のごとく吊り下げたと言えば　信じるか

後ろ姿を求めて

ＫＴＸに乗るたび
逆向きに座る
今日も六号車で逆向きの６Ｄ席に座り
前からは見えない山の裏側の
谷から湧き上がる霧を見る
霧に濡れて浮かび上がった山の色が
人里までついてきて
真っ白な雪として降り積もったのを見る
夢のような光景に涙がにじむ
誰が私の背後に
こんな涙の瞬間を見るだろう

【KTX】韓国高速鉄道（Korea train express）の略。最高時速は300キロを超える。

孤独な匂い

仕事帰りに同僚と一杯やって遅くなり
急いで帰宅した
玄関に入ったとたん
全身を包みこむ匂い
一日中部屋にこもって窓の外ばかり見ていたような
匂い　出勤前に食べ残したリンゴの切れ端が
皿の上で血の気を失いつつあった
私が風葬にしてしまったのか　申し訳なく思いつつ
触ってみると　もうぐにゃぐにゃだ
身をよじって香りを放ち
一つの生を終えようとしていた

背の青い懐かしさ

風景が泣く
静寂の河にこみ上げる　あの背の青い懐かしさ一匹
ああ　と全身がしびれてくる

足の爪

テイカカズラの鋭い足の爪が
エゴノキ　あの遥かな絶壁をにらんでいる
とうとう
一尺半の虚空を切り
たてがみをぴんと立てて這い上がる間に
幾重にも刻まれたたくさんの爪跡は　誰も見たことがない

【テイカカズラ】ツル性の植物で、茎の途中から気根を出し、木や岩を這いのぼりながら成長する。

始発電車

うとうと居眠りする人々
舞い散る雪と蛍のごとく美しい
こびとの運河の青い星たちよ

愛について

愛とは思いの分量である。波打つけれど溢れない思いの海。光り輝く思いの山脈。悲しい時は限りなく深くなる思いの井戸。幸福な時は花びらのように戦慄する思いの木。愛とはからっぽの魂を満たすものである。今日も夕暮れの窓辺に座り明けの明星を待つ人よ。明星が輝けば静かに夢見る人よ。

オニバスの花

お前のところに行く道にはいつも
清純な鈴の音がちりちりと響いていた
私の驢馬は疲れも見せず
主人のため楽しそうに歩きながらよろめいた

この歳になってもぎっしり棘《とげ》が生えている
わが魂のてっぺんを貫き
おお　今日はまばゆく赤い花が咲く

幸福

智異山《チリサン》に登る者は知っている
天王峰《チョナンボン》に登って
天王峰を見ることはできないと
天王峰を見るには
帝釈峰《チェソクボン》や中峰《チュンボン》からのみ
はっきり見ることができるということを
世を生きていく理《ことわり》も同じこと
私は今日もすべての中心から一歩退き
素直になった耳で生きている
だから幸せを感じている

夜明けを登りつつ

木の葉一枚驚かせぬよう
草の葉ごとに結ばれた露も蹴飛ばさぬよう
気をつけて夜明けの森を登る

夜明けにはどれぐらい息を殺し
身をかがめるべきか
私より詳しいとでも言いたげな
風に導かれて山道を行く

宇宙が神聖な森によって
私の額に冷たい手を差し伸べていると
次第に気づきながら学んだのは

世の中はこんなふうに身を低くして
暮らさなければならないということ

腰を曲げる

八十六年の間
まっすぐ顔を上げることもせず
草を刈ってばかりいた
母の腰が
今では九〇度に曲がっている
手を取って歩く息子は
腰を曲げて仰ぎ見る
還暦にならないと腰は曲がらない
そうなのか　できることなら
曲げられるだけ曲げてみたい
全身をボールみたいに丸めたい
そうすることで　あなたの

魂の門にたどりつけるのであれば

百日紅《さるすべり》の仏様

松広寺《ソングァンサ》大雄殿の前で
百日紅の木が
けだるそうに花を咲かせていた

すぐ側の伽藍では
眼に鮮やかな赤いつぼみごと
揺らめく花の光線に
大雄殿の仏像が笑顔を咲かせ
花に酔った私は眩暈を起こす
曹渓山《チョゲサン》の麓に夜のとばりが
そろそろと降りてくる頃

ここでは百日紅が仏様だったことを
ようやく悟った

隕石をなでながら

一緒にいるということ　吉林省の隕石博物館で　八百万年前に迷子に
なった星をなでながら一緒にいるということが　こんなにじんと来るも
のだということを
忘れていた　愛する人よ　いま私の掌に信号を送っているこの宇宙の
拍動のごとく　私もあなたの心臓に星となって突き刺さりたい

魂の眼

イタリアの歌手の歌を聴く　盲目の歌手は音によって欅《けやき》の若葉をたたく
春雨を見微かに沈む花影も見る　風の方向をゆっくりたどり　青い星た
ちの憩う泉のほとりに長く伸びた生の影を降ろしたりもする　彼の声は
宇宙の土と水の匂いを放つ鈴蘭の白い鐘を鳴らす　アカボシウスバチョ
ウに麒麟草《きりんそう》の蜜を吸わせる　金剛松の樹皮をいっそう赤く染める　くら
くらする　魂の眼によって明るさを凌駕する力！　あのきらめく瞳の前
で　声の前で　私はとうてい眼が開けられない

頭陀《ずだ》

散るという便りもなしに
花が散ることは気にかけずにおこう
若枝の先
芽ぶくがごとく　懐かしさの内情にも
足を踏み入れないでいよう
今日は般若心経もよそ見をなさるのか
実に爽やかだ　一陣の風

【頭陀】俗世の煩悩を捨て潔く仏道にいそしむ修行。

耳の手術

私も五十の峠をとうに過ぎ　六十が五里先で霧のごとくゆらゆら立ち昇るのが見える冬のある日　二時間麻酔をかけて耳の手術が終わった
二時間！　その麻酔の時間を私は覚えていない　世の中というものが消された時間　まぶしい陽射しも記憶の外に押し出された時間　その時間のネジたちがゆっくりゆるんでゆく時　私は声を限りに誰かを呼んでいたという　音なき音の恐怖　手を振り回しながら恐怖のベールを取り払おうと必死になっていたという
麻酔から覚め　回復室から病室に移される途中の廊下は　私の生きた歳月ぐらい長かった　揺れる窓の向こうに　とうてい思い出せない私の生涯の肉ひときれ嘴にくわえ　凍てつく冬空に舞い上がる翡翠《かわせみ》がちらりと見えた

春の日

花が咲き鳥の鳴く春の日には
裏山に登り
十里先の市場に行った
母さんを待ったよ
遠く
母さん　母さんは見えなくて
宵の口に霧だけがゆらゆらと昇っていたよ
母さん　母さんは帰らずに
宵の口の星だけがまばらに出ていたよ

順天《スンチョン》湾

鳥の群れ舞い上がり
葦が横たわる

入り江に落ちる太陽が
野原に分け入るけれど

聞くな
寂しい夕暮れの内幕は

満月が起き上がり
星ひとつ落ちる

ごはん

庭の片隅で
犬にたっぷりごはんをやったら
食べ飽きたのか
残ったごはんを地面にぶちまけ
雀たちの
空腹を満たしてやってるね
蟻の群を呼び集め
食糧を蓄えさせてるね

ごはんよ　あの涙ぐましい
宇宙の生命よ

腐った木

禅雲寺《ソヌンサ》の谷
音もなく流れる小川に
横たわる腐った木が
どれほど長い歳月だったろう
あおあおとした苔を全身に
いっぱい育てているのを見て
その腐った木に
深々とお辞儀をした　仏様だった

詩の部屋

恥ずべき力

牛一頭引く
こともできないくせして
門の取っ手さえ見りゃ
手当たり次第
引っ張ろうとするんだ

ドアを開けろ

山も川も
人も見知らぬ土地に
父を埋葬し
帰ってきた日の夜

ドアを開けろ

寝床から跳ね起きて
ドアを開けてみると
冷たい風が全身をたたき
眠れぬまま夜を明かして以来

ドアを開けろ

父の声がするたび
世の中に向けて
眼のドアを開けるようになり
心のドアを開けるようになり

でもいつの間にやら
そのドアがまた閉まったのか
昨日の晩も

ドアを開けろ

冬の野原を歩いて

近づく前は
何も持っていないように見える
何も咲かせられないように見える
冬の野原を歩いて
刺すように冷たい風の裾にも　さんざんいたぶられてしまえば
かえって暖かいことを知った
溶けかけの雪はぽつぽつ降りながら
土の懐に溶け入ることを夢見て翻り
田んぼの畔　畑の畔の間に
緑あざやかな丈の低い野草も集まって座り
遠くから押し寄せる陽射しを待っていた
靴の裏にぺたぺたくっつく土が

生と同じくらい重たかったけれど
ここでだけは我々の知っている
痛みという痛みが皆ゆっくり休んでいることを知った
冬の野原を歩いて
冬の野原も人も
近づきもせずに
何も持っていないだろうなどと
何も育てられないだろうなどと
みだりに言わないことにした

祖母

今年九十六
眼の見えない母方の祖母は
二人の子の父親となった孫の
頭から顔から
指の先まであちこちなでては
眼の見えない祖母は
フェンマンよ　フェンマンよ
お前がほんとにフェンマンなのかい
どれどれ　おやまあ　あたしの子
両目を開けて　両目を開けて
お前を見ることができたなら
いいや　片目でいいからちゃんと開けて

そうそう　お前を見ることさえできたなら
アイゴ　あたしの子
あたしがお前をおぶって育てたんだよ
解放後　日本から引き揚げてきた時
あたしがお前だけを大事に
天も地もうらやむことなく
おお　よしよしと　育てたんだ
そうそう　あたしゃお前を見るために
こんなに長生きしてるんだろうね
死にもせずにいるんだろうね
九十六年の曲折を経て
涙の中にしみこんでゆく
眼の見えない母方の祖母は

【フェンマン】著者の名ヒョンマンをなまって発音したもの。

星ひとつ地上の懐かしさで膨らんで

わが故郷順天《スンチョン》は
他郷暮らしがつらくて胸痛むとき
愛の明かりひとつ灯し
夜更けの街角で私を待ち受け

わが故郷順天は
くたびれて耐えがたい時など
母の温かい懐の
穏やかさで私を憩わせ

わが故郷順天は
私より先に

私のことを心配し
私より先に
竹島峰《チュクトポン》に笹の葉そよぐ音を
かすかに伝え

わが故郷順天は
陽射しの明るい日は明るい日なりに
風の吹く日は吹く日なりに
木浦《モッポ》の沖に溢れる波を
私の心の中いっぱい
白く　白くうねらせ

そう　今日
順天に帰郷して　また町に戻ってきた

夜　東の空の彼方で
星ひとつ
地上の懐かしさを引き寄せて膨らんでいるね

国道一号線

ここは
南の果て　木浦《モッポ》
大韓民国国道一号線の
起点

木浦 → 新義州《シニジュ》線
989.10km

誰が
この道をふさぐのだ
何が
この道を縛りつけるのだ

我らは走らねばならぬ
揺らめく陽射しに生き
木浦から
新義州まで
足がかじかむまで走らねばならぬ

【新義州】 新義州は北朝鮮平安北道にある町の名。中国丹東市との国境に近い。

チャーリー・チャップリン、あの怯えた眼

誠信《ソンシン》女子大前
カフェ「メランコリー」の片隅に
怯えた
チャーリー・チャップリンが座っていた
帽子から全身に
永遠に溶けない
白い雪をかぶり
杖を持った
チャーリー・チャップリンが怯えて
しきりに後ろずさりしながら
私の顔色を窺っていた
誰が彼を

喜劇俳優だと言ったのか
どのみち世の中は喜劇だと言うが
チャーリー・チャップリン
あの怯えた眼で震える
今日の私を見る
憂鬱な
この時代の私を見る

ひとが天に

ひとが天になりますように
ひとが治める
黄土が天になりますように
ひとが育てる
青麦が天になりますように
ひとが懐かしむ
エノコログサが天になりますように
ひとが掘り出す
石炭が天になりますように
ひとが流す
ひりひりする涙が天になりますように
ひとが絞り出す

血の膿が天になりますように
ひとが造る
工場が天になりますように
ひとが飲む
湧き水が天になりますように
ああ　郷愁よ　希望よ
光の翼よ
ひとが天になりますように。

錆《さび》を落としつつ

新しく引っ越して
汚らしく錆びついた
こげ茶色の門の錆を落としながら
私の過ごしてきた生涯は
どんなにひどく錆びついているのだろうかと
恥ずかしくもあり罪深くも思え　手が痛むのも気づかなかった
私は門の錆を落としながら
私の深く暗い命の向こう側を見た
鱗のようにぎっしりと生えている
悔恨の悲しい歴史　それは海の上で
渾身の力を尽くし立ち上がる雨粒
そんなふうに生きてきた

四十三年　たくさんの不眠の触手が
夕焼けの前で　風の前で
こどものように泣きじゃくった　白くかすんだ愛までが
私の魂の奥深く
くすんだ錆となっているのを見
指が腫れ上がるほど
全身で　全身でこすっていた

キス

今日も出勤前に息子を
抱いてキス　パンツを脱がせ
お尻やお尻の穴にまでキス
天気予報は晴れ　交通機関は通常運行
気分は良好　木の葉はまだ新緑
電信柱も街路樹も胸いっぱい抱いて
キス　道に広がった
ヒメニラ　大麦　春の新芽にもキス
われらが偉大な黄土にも（教皇のように謹厳にではなく）ぶちゅっとキス
キス　人間なら誰でも
それがたとい北風であっても　槍あっても
あるいは干葉《ひば》のスープやラーメンであっても

人だと思ってキス　人の
魂だと思って　人の胸だと思って
熱く　熱く　キス
わが子の尻の穴にキスするごとく
世の生きとし生けるものと
すでに死んで息絶えたものと　世の
すべての生きることも死ぬこともできないものたちのために
全身で　全身で　キス
汗流しつつ　陽射しで　希望で　キス

コインひとつ

学校から帰る途中
道端に捨てられていたコインひとつ
そうっと拾いました

土に埋まって朽ちもせず
足に踏まれてへたりもせず
車に轢かれてぺちゃんこにもならず
道端に捨てられていた
コインひとつ
心をこめて磨きぴかぴかにしました

温かな手で握り

踏まれ轢かれて痣ができるほどの
痛みを包んであげました

夜の雨

雨降る夜
母は
八十になった祖母を思い
部屋のドアを開ける癖がある

ドアを開ければ
眼の見えない祖母の消息が
噂にまじって聞こえでもするのか
揺れる雨音を聞きつつ壁にもたれて座っていた
六十歳の母

供養米《くようまい》三百石《こく》などパンソリの中のお話

どうにもならない貧しさに耐えてはいるけれど
悪い夢を見たからと
実家に行き　戻ってきた今日

不思議なことに夜　雨が降り
ドアを開けた母は
雨の揺れる音に浸って

――いっそ死になさらんかの。
死になさらんかのう。

【供養米三百石】パンソリ（韓国の伝統唱劇）沈清伝《シムチョンジョン》では、親孝行な娘沈清が、盲目の父の眼を治すのに必要な供養米三百石を得るため船乗りに自分の身を売り、海に身を投じる。

許松《ホソン》さん

十月には青磁の色になる韓国の空みたいに
世にも珍しいほど素直な　われらが許松さんは
文字なんぞ習ったことはなくとも
息子と娘をソウルで勉強させて足の爪がはがれた許松さんは
若い時には作男にもなり小作もした
田舎が恋しくて帰ってきた日の夜
真っ先に田んぼの水口《みなくち》を掃除しながら涙ぐんでいた許松さんは
愛国だの権力だのは知らなくとも
おてんと様を浴びて日焼けした許松さんは
国法を守り国土をたいせつにして
全羅道順天《チョルラドスンチョン》の田んぼ千坪に魂を刈り取る
田舎の雑草より強い許松さんは

額に流れる汗が青黒く光る
きよらな月も明るいこの真夜中に
藁束の横にうずくまり心をこめて鎌を研ぐ許松さんは
朝鮮鎌はよく切れなきゃなんねぇ　そうだ　切れなきゃと言いつつ
黄土の匂いがする　タコのできた掌にぺっぺと唾を吐く許松さんは
生きてこそ命　食べてこそ幸福だのう
青い笹の葉そよぐ音を聞き
白く　白く夜露に濡れてゆく
あさって還暦になる　われらが許松さんは。

木浦アリラン

アリラン　アリラン　アラリヨ
アリラン峠を越えさせておくれ
清渓《チョンゲ》の僧達山《スンダルサン》は高くないけど
無安《ムアン》を越え羅州《ナジュ》越えて行った人
ヒマが熟す前に帰ると言った人は
椿の花が散り桃の花が散っても戻らない
椿の花　桃の花は盛りだけど
年中春の私の恋はいつ咲くのかい

アリラン　アリラン　アラリヨ
アリラン峠を越えさせておくれ
三鶴島《サマクト》の沖に山のような波

あの人の漁船が戻る日になったのに
どうしてそんなに猛り狂うの　竜王様が命じたの
鴎だけが無心に飛び回る
朴《パク》宰相の奥様は望夫石《マンブソク》になったけど
岩にもなれぬこの身は　浮草にしかなれないよ

【望夫石】女性が夫の帰りを待ち焦がれるあまり岩になってしまったという伝説の岩。

木浦駅

これ以上下るところはない
上は平壌《ピョンヤン》や新義州《シニジュ》
豆満江《トゥマンガン》の鉄橋まで走れるけれど
下はもう行く所がないから
列車の時刻表にはいつも
下りがなく上りだけが記されている
いつからか木浦の人のきれいな首が
何センチ分かは長く見え
上へ上へと見上げる眼が光るのは
儒達山《ユダルサン》の精気のせいだと思っていたけど
上へ上へと走る
線路のせいだと　今ごろ気づいた

砥石

引っ越しの日
台所の片隅に
割れた砥石を見つけた
母がチョレッコルを出てくる時
これだけは持ってかなくちゃと言って大事にしていた
砥石ひとつ
都会で何度も引っ越したけど
けなげにも台所の片隅にうずくまっていた
竹も松も青い麦までも
得意になって割っていた
朝鮮鎌への恋しさを内に秘めつつ
青っぽく　また黒っぽく充血した強情さ

朝鮮火鉢の火花も全身で受けとめ
割れてしまった砥石ひとつ
こいつめ　こいつめ　と言いながら
私をじろじろと見つめている

空の恋人たち

夏の日差しに胸の痛む
山また山を越え
川という川を越え
そして靴が
きれいな足首を包む路地ごとに
私は呼ぶ　君の名を。

ちぎれて飛ぶ森の上の雲
そして　ツタのからまる建物と
輝く木の葉と木の葉
ポプラの梢にも
私は呼ぶ君の名を。

揺れるバスの中でも
ペイブメントに雪解け水流れる街でも
休日ごとに降る雨の中でも
私は呼ぶ　君の名を。

公園の階段の上を
平和に舞う鳩
まだご機嫌ななめの唇の前でも
埃のたまった商店の果物の前でも
私は呼ぶ　君の名を。

血のような夕焼け　野原を歩きながら
野茨咲き乱れる蔓《つる》の前でも

アプナム山《サン》　トゥイナム山にカッコウの声
のんびり草を食《は》む山羊《やぎ》の毛の色
小川のかぼそいメダカの群の前に来ても
私は呼ぶ　君の名を。

我らの貧しい真心の前に
打ち捨てられた聖書の上に
流れる涙　そしてまた涙
われらの戦慄する身体の前で
しかし十字架を仰ぎ
私は呼ぶ　君の名を。

夜には鮮やかに戻って来る月光の上で
月光にかかっている電線の上で

電線の中を流れる電流に感電するごとく
いひひという獣のような鳴き声の前で
大きな音を立てて息を吸えない九時の上で
私は呼ぶ　君の名を。

私は見た。
何度も何度も手まねきしていた山
手まねきをしては背を向けていた山
背を向け手の甲で涙を拭っていた
山　私たちの花畑のような山の前でも
私は呼ぶ　君の名を。

無心に噴き上がる噴水
菊の花が売られてゆく花屋の前でも

あの沈黙の虚空を越え　沈黙の前でも
私は呼ぶ　君の名を。

立ち読みしながらページをめくる本屋で
銀行の前　おもちゃ屋の前で
そして夜　妻と買い物をしていた
寂しかった頃の地下街で
私は呼ぶ　君の名を。

冷たく握手する私たちの手にも
すでに変わった私たちの笑顔の前でも
再び戻って来るような気がする街　街
ともされてゆく街灯の前でも
君をつぶれるほど抱きしめるため

私は呼ぶ　君の名を。

同行する私たちの足跡の上にも
冬よりも震える私たちの孤独の前でも
光と影　臨在と不在の上にも
空と星と詩の上にも
ひたすら君だけを愛するために
私は呼ぶ　君の名を。

おお　空の恋人たちよ
空の　空の　空の恋人たちよ。

冥婚——ある少年少女の霊魂結婚式に

何も持たずに来たの

赤いチマチョゴリ
ポソンをはいた足で月の光を踏み
チマの紐を結びながら走って来たの

灯篭の火を消しましょう
チマの紐がほどけないわね
哀しみの糸で布を織り
十二重に包んだ肌ですもの

すっぽりと抱いて

そして光り輝く幽界の
いちばん低い声で
呼んでください

私の名は花嫁
ああ　宇宙の花びらで燃えあがらせた
私の願い
花嫁

明かりは消えても
九天の空は暗くないから
暗いなりにいつも明るく暮らし
財産はなくとも　二人の
身体が満ち足りた

明日の朝も　あなたの家に
何も持たずに行きましょう
眼をつぶってちょうだい
それから
私を眠らせて
風になって暮らすわ
光になって暮らすわ

【冥婚】原文では예맞이。民間信仰に基づき、結婚しないまま死んだ若い男女の霊魂を慰めるため、新郎新婦を模した人形を用いて行う死後結婚式。現代でも稀に行われる。日本でも東北や沖縄などに類似の慣習があったようだ。

【チマチョゴリ】女性の伝統衣装で、チマはスカート、チョゴリは上着のこと。

【ポソン】女性のはく足袋のようなもの。

【九天】中国で天を方角により九つに分けたことに由来する言葉で、天上を意味する。

【あなたの家に】韓国の伝統的な婚礼では、式は新婦の実家で行い、そこで三日間過ごした後、新郎が自分の実家に新婦を連れて行く。

『温かな懐かしさ』（詩と人間、二〇〇八）

妻

いまや妻も
老いてゆくのか
針の穴に糸を通すのに
苦労している　あのかすんだ
眼のために
今日ついに
老眼鏡を買う
西の空に
沈んだ若さ　ほのかな
霧が押し寄せ

梨畑を過ぎつつ

あの狂おしいほど白い
見よ　肌を
青臭い匂い
いちめんに広がり
蜂がぶんぶん
全身の
力を尽くす音
呻き声
天地が一つにからまってるよ
まるまるとしたこどもたちを
ごろごろ産み落とすつもりなんだろう
ミレニアムベビーの子づくりに

良いという日
陽射しもまぶしい
春の日

ごはんが焦げた

妻は三泊四日で
江原道《カンウォンド》雪岳山《ソラクサン》旅行に出かけた
（シドニーに住むお姉さんが十三年ぶりに帰って来たのだ）
ひとり迎える夜明けが
寝そびれた眠りの深さ
と同じだけ　薄暗い冬の霧のように朦朧として
（妻がいなくても変わらないのは時間だけ）
急いで出かける支度をしながら
ひとり分の米をといで火にかける
圧力釜はすぐに煮立ち
アパートの二階の窓から
陽射しはじつにゆっくり降りてくる

（二十一世紀に韓国の詩が進むべき道——今日送る原稿の内容をまたチェックする）
ごはんが焦げた
圧力釜にはすでに
ひとりになった時間まで真っ黒に焦げついていた
（千仏洞《チョンブルドン》の渓谷を登る妻の足跡を慎重にこそげ取る）

発見について

最近紅島《ホンド》においてわが国の記録になかったチャイロカタナガムシが発見
されたという　コガタシカムシ　マルクロモンゾウムシも発見されたそ
うだ
私は昆虫学者ではないから　毎年訪れていた紅島にこんな虫がいたこと
も知らず　ただ穴の開いた独立門岩の全身が　赤く火照っているのを見
ていただけなので　その開いた穴の間で　勢いのよい波が　青筋を立て
て力んでいるのを見ていただけなので

【チャイロカタナガムシ、コガタシカムシ、マルクロモンゾウムシ】それぞれ갈색어깨길쭉벌레、꼬마사슴벌레、둥근검은점알바구미の字義を日本語に訳したもの。

石像たちは東向きに立っている

千年前　アルタイでは
突厥《とっけつ》の戦士たちが馬を走らせる音も風だった
空は万年雪に届き
中央アジアの広い草原にある
タブイン　ボグド　ウラを知っているか
カラゲム川の息づかい
ヤマナラシが風に鳴る音
私はそこに招かれたことがある
千年が過ぎ
広い草原を走っていたそのかみの
戦士たちはいま石像として
東向きに立っている

太陽の黎明が戸の外に出てゆくとき
神仙のごとく天に昇る雪山を
見るため　いま
私も黒い苔に覆われた石像となり
一緒に東を向いている

詩人本人の説明によると、タブイン（Tabyn）、ボグド（Bogdo）、ウラ（Ula）はすべてのアジア遊牧民の聖地であった。突厥の石像はすべて太陽の黎明が輝く方向を向いているが、それは考古学者によれば、東にある「神聖な山」と呼ばれる巨大な雪山に対する憧れのためである。この詩に登場する石像は古代突厥の戦士たちの像で、突厥人が中央アジアの草原地帯に自分たちの国を建てた初期に造られた。

『陰という言葉』（詩眼、二〇一〇）

楽器

真っ裸 で座っている女性の背の
両側に*ff*を描いた
マン・レイの写真を見た瞬間
女性の身体から
バイオリンの音が響いた
女性の身体が楽器であると　ようやく気づいた

『トノサマバッタには武器がない』（本を作る家、一九九五）

トノサマバッタには武器がない

トノサマバッタは
敵を前にしても武器がない
ただ丈夫な後ろ脚だけ
ぴょんぴょん跳ねて逃げる
丈夫な後ろ脚だけ
トカゲ　カマキリ
カビ　ダニ　ナガコガネグモ
いたるところで敵は
捕って食おうと血眼なのに
ただ丈夫な後ろ脚だけ
ぱたぱた羽ばたき
空高く飛んで逃げるための

後ろ脚だけ
逃げて　逃げて
敵の眼から隠れるだけ
トノサマバッタは
敵を前にしても武器がない

川

楽しい陽射しが
真っ白なタンポポの綿毛のように
飛び回る朝

この谷間
あの小川で

幼い川の水たちが
列をつくって
登校します

毎日毎日会うのに

会えば嬉しいともだち

昨夜別れて
まだ話したりないお話が
陽射しの中で金色に輝きます

草の花

今日は
家族全員集まって
庭の草むしりをする日

素手で抜いたり
鎌で掘ったり
細くかよわい茎で
白く　黄色く
互いに頼りながら
花を咲かせた草だけは
とても抜くことができませんでした

そおっと　そおっと
なでてやりました

『盲《めし》いた愛』（詩と人間、二〇〇八）

草虫の声

お客様の電話機に電源が入っていないため
音声私書箱におつなぎいたしております
ピーという発信音が鳴りましたら
明け方散歩したとき聞いた音の中から
草虫のかぼそい声だけ入力して
残りはすべて土に返してください
ずっと後のある日　夜明けに星がひとつ出るように
お客様の音声私書箱がオンになれば
濃い緑いっぱいの草虫の声が
胸を濡らす愛であることを知るでしょう

早春に浸る

新芽が芽吹くごとく
山霧が立ちこめてくる夜明け

青い実はいよよ青く
若枝の肌もかすかにふるえ

開いた時間のドアの隙間から
ちらちらと出入りする陽射し

私も顔を上気させながら
早春に浸って　ゆっくり歩いている

老いた星たちの家

今日も同僚と夕食をとり　きゅうりの和え物に
焼酎も何杯か酌みかわし　二冊の
詩集を小脇に抱え　流し台で
空の器が伏せながら待っていて　ランの
花の子宮に香りが満ちてゆき　乾いた
メタセコイアの実が一つずつ割れてゆく
家に帰る時間　力のない私の
足つきを　憐れむような眼で見下ろしている

あの老いた星たちの家には誰が住んでいるのだろう

眼光

真っ暗な夜更け
青い眼光が村に降り
眠っている鶏をさらっていった

しばらくして青い眼光は
こっちの村から
向かいの村に行くため
ぶらりぶらりアスファルトの上を歩いていた

遠くでかすかな明かりが
しばらく揺れていたかと思うと
ばたりと夜の空気が崩れる音で

アスファルト周辺の事物がいっせいに揺れた

星の光がどれほど深い傷なのか
知らなかった青い眼光は
アスファルトの真ん中に松の木の瘤みたいに突き刺さり
道にいちばん近い農家の塀の向こう
枝の裂けた柿の木には
真っ赤な柿がたわわに実っていた

日曜日

陽射しが窓を開けて入り込み
朝寝坊を揺り起こす

ひがな一日靴を履かなくとも
裏山で松風が吹いてゆく先は見える

後ろ手を組んだ趙《チョ》芝《ジ》薫《フン》が松風の後を追い
酒瓶を手に提げた呉《オ》鐸《タク》藩《ポン》がそれに従う

今日は　のろまの私も*
酒が恋しくなって盃を探す

春みたいに　夢みたいに　おぼろげだ
窓辺の春蘭が黙って花茎を持ち上げる

【趙芝薫】一九二〇〜一九六八。詩人、国文学者。
【呉鐸藩】一九四三〜。詩人。
＊崔夏林《チェハリム》の詩。

『雨の止み間』（文学と知性社、一九九九）

立春

まだ溶けていない雪の塊に　またじとじとと雪が舞う　遥かな無等山《ムドゥンサン》は
頂上がもう真っ白だ　まるで遠い夢路から抜け出て来たかのように　空
中から地上に降りてくる雪の　合間から一羽の鳥が突然飛び立つのが見
え　ちょっとの間に積もった雪を振り払って揺れる木の枝　ぶるん！
力をこめる音に　虚空が降る雪のごとく揺れる

空咳

早朝五時のマンション　ベランダの窓を開けて煙草を吸う男がいる
十五階の寂しい闇の中でも　からっぽの身体が満たされてゆくみたいに
　明かりがぽつぽつとつきはじめ　裏山に水の流れる音　夏の盛りを過
ぎたコオロギの鳴き声　空は水気をたっぷり含んでいるのに　男がひと
り闇の中で　闇に浮かび　闇よりも重い空咳をする　静寂の川に渡し
舟を浮かべ　誰かを待っているらしい　うろつきながら　見えない歳月
の向こう側の　岩にぶつかっては戻ってくる響きで空咳をする

石鏃《せきぞく》

旧石器時代だか新石器時代だか　鳥でも獣でもお構いなしに走ってゆき
頭でも胸でも　太ももでもいい　目をむいて走ってゆき　必ず血を流
さなければならなかった　そうしてたくさんの星の光より深く青い焚火
の周りで　その日の宴会がたけなわになる頃　遠い山の谷からうーうー
といううなり声　山を揺り起こすうなり声　昼間咲いていた花びらがい
っせいに崩れ落ちる音　ばたばたと羽を散らす音　山崩れが起こるよう
に　八月初旬の豪雨で山が崩れるように

研究室の壁にかけた
鋭い石鏃の
息づかいが尋常ではない日
大雨注意報は

警報に変わろうとしていた

【石鏃】石のやじり。

烽火山《ポンファサン》に登って

久しぶりに烽火山に登った　少し離れた所には日に照らされて輝く貯水
池　水面に私の幼い頃の蛍たちが飛んでいる　母が登り降りしながらゴ
マを植えていた烽火山の中腹に　飛鳳《ピボン》小学校のかわいらしい新校舎が完
成した　休み時間なのかこどもたちが　熟したゴマがはじけるごとくい
っせいに飛び出してくる　貯水池の蛍が今は　こどもたちの頭上で光っ
ている
飛鳳室《ピボンシル》の親戚の家に行く道に　豆柿の古木が見当たらない　十五階建の
マンションのベランダに干されたおむつが　豆柿の木の葉のように翻る
久しぶりに烽火山に登り　故郷にいた時には故郷だとも思わなかった
故郷が　私の身体に入りこむ音を聞いた

【烽火山】全羅南道順天市にある山。三五六メートル。
【飛鳳室】地名。

現代の駱駝

慌ただしげに風が吹き　砂を舞い上げるつむじ風が柱になって昇り　その日から駱駝たちが　一頭二頭と　蜃気楼のようにゆらゆら揺れる火花を避けて　駱駝たちが　街路樹の木陰を求めて集まりはじめ　ある者たちは　新聞紙をかぶって地下鉄の駅に横たわり　ふいに胸がじんとしてくる終点まで乗って行った　戻ってきて再び横たわり　ある者たちはソウル駅の狭い椅子にもたれてオアシスの夢を見　ふと夢から覚めるとあてのない希望だとは思いつつ　汽笛の音に家族を乗せ　故郷の山河に見送り

雨の降る日　塀に向かって一列にしゃがみこんだ駱駝たち　配られたばかりの食事で飢えをしのいでいた　このとき背中の瘤が曲線を描き　長い稜線を成していた　その稜線の上に降り注ぐ雨よ　渓谷にそって流れ

流れて　ついには乾ききった現代の砂漠を　じっとりと湿らせなければ
ならないだろう　枯れた草も起こし木も育て　こどもたちの瞳にも青々
とした生気を取り戻さねばならないだろう

雨の止み間

半日どしゃ降りだったのが
しばし止むと
トンボ　群をなし
ウスバキトンボ
キトンボ
ミヤマアカネ　群をなし
飛ぶことさえできるなら
七回でも八回でも
痛みの殻を脱ぎ
恋しい心も脱いで
すいすい　青い山は
いいねえ　トンボ　群をなし

半日降り続いた雨の
わずかな止み間

駱駝のために

マンション裏山の散歩道を登っていて　靴を履いた駱駝に出会った　握手をした　ネクタイを締めた駱駝にも会った　一緒に煙草を吸った　靴を履いた別の駱駝も会った　砂漠が恋しいでしょう　挨拶の言葉を送った　ネクタイを締めた別の駱駝にも会った　砂漠に行かなきゃいけません　今度は向うから挨拶してきた

山の中腹まで登ると
山が崩れかけているのがわかった
太い松の木にしがみつき
どんどんどんと腹に響く
びんびんびんと頭に響く
たくさんの駱駝の鳴き声で

山は徐々に崩れつつあった
砂漠が近づいていた

黄真伊《ファンジニ》のために

月がやけに明るく　燃えるような赤い実をつけた　棗《なつめ》の木にかかった月の光が　まだ地に降りない路地の角に　一人の男がゆうゆうと消え　遠くで朴淵《パギョン》の滝の水が落ちる音に　夜のカッコウの鳴き声も静まり

素足で　あなた
風に乗ったみたいに　あなた
風で雲に乗ったみたいに
あなた　雲に乗り
青山《せいざん》を巡って出て来る
すらりとした柳腰の
あなた　背後で悲しみのように少しずつ
崩れ落ちる青山

青山は崩れ
夜のカッコウが
あなたの後をつける
血の鳴き声で

【黄真伊（一五〇六～一五六七？）】松都《ソンド》（現在の開城《ケソン》）の妓生《キーセン》。妓名は明月《ミョンウォル》。才色兼備の詩人で、その美貌は徐敬徳《ソギョンドク》の学識、朴淵の滝の絶景とともに「松都三絶」と謳われた。

【朴淵の滝】開城にある高さ三十七メートル、幅一・五メートルの滝。滝の名は、縦笛の名人朴進士《パクジンサ》（進士は科挙で小科や進士科に及第した人）という男がこの滝の美しさに魅入られて笛を吹き続けたあげく、龍女《ヨンニョ》に誘われて滝に落ちて死んでしまい、それを知った朴進士の母も悲しみのあまり滝壺に身を投げて死んだという伝説に因む（異説もある）。黄真伊はこの滝を愛し、時調《シジョ》や漢詩にうたった。

明知苑《ミョンジウォン》にて

全羅南道《チョルラナムド》潭陽郡《タミャングン》古西面《コソミョン》古邑里《コウプリ》徳村《トクチョン》マウルに「明知苑」という憩いの場があって
写真作家である夫と声楽家の妻が　月や花　風と一緒に暮らしている

地球の深い所で
五千度に沸き立つ熱気も
ここでは適度に冷め
朝陽のごとく
徐々に赤らむ松葉牡丹
あのはにかんだ顔を見てごらん

真昼の庭いっぱい
幼い風たちが遠足に来て

下手くそながら
芝生の橇《そり》に乗ったり
すべり台ですべったりして
ころんで泣く声
きらきらする音を
聞いてごらん

竹やぶの頭上にものさびしく
月が出て
青い毛細血管まで見える
月の光　あおあおとした竹に
ひとりずつつかまって　ゆっくり
夢見るごとく　すべり降りてくる
あの白いふくらはぎを見てごらん

『魂の眼』（文学思想社、二〇〇二）

泰安寺《テアンサ》にて

秋の陽射し
山門の軒先に
ぶら下がるころ

風鐸《ふうたく》の音に揺れていた
茶色い蝶
一匹

岩の上に積み上げた
石塔の先で
石仏になり

あちらで老師が
落ちてくる山影に
だんだん浸《ひた》されてゆく

【泰安寺】全羅南道谷城郡《チョルラナムドコクソングン》にある寺。
【風鐸】仏堂などの四隅に吊り下げる青銅の風鈴。

スピード

毎朝七時半きっかりに出勤するたび通る光木《クァンモク》国道沿いには　スピードを測定するカメラが隠されている　陽射し明るい春の日　衿川《クムチョン》では蜂や蝶と交接する梨の花たちの荒い息づかいが撮られ　南平《ナムピョン》五差路から羅州《ナジュ》方面に抜ける道路では　前触れもなく群れをつくりはだしで駆け抜ける夕立の踵《かかと》も撮られ　幼いコスモスたちが三！四！と復唱しながら側道に整列して登校する鶴橋《ハクタリ》あたりでは　甘い霧の舌も撮られ

毎日夕方六時には必ず帰りに通る光木国道沿いには　スピードを測定するカメラが隠されている　務安《ムアン》郡庁の前を通り過ぎるとき　街路樹のドロヤナギの葉がはらりと折れる瞬間の　眼のくらむような戦慄が撮られ　古幕院《コマグォン》駅前の信号を無視して舞い上がるつむじ風の　堂々とした傲慢さも撮られ　光州《クァンジュ》に入る丘の片隅でうずくまっている　溶けきれない雪

の塊の桑の実色の唇も撮られ

【光木国道】光州と木浦をつなぐ国道一号線。

トルファン博物館にて

私が着いたとき
その女はもう
四角いガラスの棺に横たわっていた
時間と時間の間隙《かんげき》に流れる
ひと筋のかすかな愛を待って
三百年が過ぎたという
私を乗せた駱駝が
どの砂漠をどれほどさまよったのかは知らないが
私はずいぶん遅れて到着し
その女はもう
恋しさも深まれば水中のように冷めるとでも言うがごとく
眉をひそめもせず

清らかな姿勢で横たわっていた
私の来た道が
砂嵐に覆われる音がした

【トルファン博物館】中国新疆ウイグル自治区の首府ウルムチ市にある博物館。「楼蘭の美女」と呼ばれるミイラを所蔵している。

エッセイ

母の陰、恩寵の陰

ホ・ヒョンマン

十三冊目の詩集だ（この文章は詩集『陰という言葉』について書かれたもの）。十三という数字は完成を意味すると言った人がいるが、私にとってこの数字は完成とはほど遠い、ただ自分の存在理由についての数字でしかない。たった一篇の詩が評価されて有名になる詩人もいれば、たった一冊の詩集で文学史に残る詩人もいる。けれど私はそんな天才ではなく、ずっと詩に専念してきたのに誰ひとり私の詩を覚えてくれていないことを知っているから、今日も必死の覚悟で詩を書いているのだと告白せねばならない。詩のみならず、私の人生もそうだ。

だから、解放っ子《ヘーバンドンイ》（韓国が日本の植民地支配から解放された一九四五年に生まれた子を言う）である自分の年齢や生き方が恥ずかしいものにならないよう、大学二年を終え江原道楊口《ヤング》で兵役についていた時分、「人事を尽して天命を待つ」を自らの座右の銘に定めた。除隊して故郷の順天に帰り、一年間は地元で新聞記者として働き、次の一年は農業に従事した。そして大学に復学し、入学からちょうど十年目に卒業した。高校の国語教師や塾の講師をしている時に光州《クァンジュ》民主化運動が起こり、それから国立大学の教授になって木浦に生活基盤を移した。この時、私の座右の銘が一つ増えた。「人は飛ばなければ道に迷う」というものので、パブロ・ネルーダの詩に心酔していた頃、ネルーダの詩から採った。「人事を尽して天命を待つ」と「人は飛ばなければ道に迷う」を、同じ意味の生き方の指針にしていたので、すでに六十代半ばに入った私は、森羅万象の神秘に感動しつつ、感謝と幸福と愛に満ちた生活を送っている。

私はこの十三冊目の詩集の袖《そで》（表紙を包むジャケットの折り返し部分）に母と一緒に撮った写真を載せた。秋のある日、四十年来の友人李康秀の車に乗って智異山の山奥に九十二歳の母を訪ねた日、澄みきった日差しが祝福のごとく地上に降り注いでいたその日、李康秀はいつも持ち歩いているニコンD3で、木の台に並べて干してある真っ赤な唐辛子を背景に母と私を写してくれた。生涯を土とともに暮らし、農作業で腰が深く曲がってしまった母、智異山のふもとで妹の運営する薬草学校を手伝っている母は、久しぶりに息子と写真を撮るのに、ひどくはにかんでいた。そのはにかみが、今日の私を育ててくれたのだ。腰の曲がった母と一緒に歩きつつ、何度も自分の腰を曲げられるだけ曲げて母の顔を見上げたりしたが、母の身体が私を涼しくしてくれる陰であったと気づいたのは、実はそれほど遠い話ではない。それは、私が母のつくってくれたご飯を食べ、薬草畑に水をやりながら「フィフィ、パボ、フィフィ、パボ」（ウグイスの鳴き声を描写したもので、「パボ」は馬鹿の意）と鳴いて私をからかうウグイスと遊び、遥かな森から微かに聞こえる鳥の鳴き声も聞きながら、いつしか母のかたわらで眠りこんだりしていた、サバティカル（大学教員に与えられる長期休暇）の年のことであった。

母の陰で生きて来た私の人生は、すなわち恩寵の陰とともにあった。この世の生きとし生けるものすべては、わたしにとって尊敬の対象である。光と音とともに生きる命は、すべて神秘だ。この神秘が私に恩寵として現れ、詩を書かせる。私は天才ではないから絶えず努力しなければならないことはよく分かっている。だから一篇の詩に夜を徹してひどく悩むし、そうしていると母の陰で、恩寵の陰で休みたくなる。私は自分自身に「森羅万象を前にして謙虚でいられる詩人が良い詩人だ」と言い聞かせる。九十二歳の老母のはにかみが、そう言い聞かせる。雪の舞い散る畑にうずくまり、書きためた、虚言に蝕まれた詩を燃やす心情を、誰が知ろう。その瞬間、「俺はまだ詩人になれてないなあ」と嘆きつつ、風のナイフで白い雲を切り裂いて飛ぶ禿鷹《ハゲタカ》を眺める気持ちを、誰が知ろう。

審議委員長という肩書で韓国詩人協会の仕事をしたことがある。任期が終わりかける頃、呉鐸藩会長と、実務者である私たちが江原道の乾鳳寺に行った時、私の手の爪二つが割れるという事故が起きた。噴き出した血が止まらない。緊張と恐怖、痛みと涙を、誰にも悟られぬように隠しつつ耐える苦痛は、詩人として生きてゆく心を私に悟らせてくれた。誰かが「詩精神」という言葉を使ったところ、まだアマチュアだと言われたそうだが、プロになれない私は徳裕山《トギュサン》国立公園の森で、何百もの亀裂が入ったよろいを着け野生の舌で高い空を舐めているアベマキの木を仰ぎ見ながら、自分の詩精神を振り返ってみた。冷たい岩にへばりつくようにして薄赤い花を咲かせている百日紅の木の前で合掌しつつ、それまでのわが詩業を反省したりもした。道を歩いていて詩に出会えば詩を殺そうとしたけれど、道は行けども行けども果てしなく、見えない詩のために胸が疼くこともあった。

そんなふうにして誕生したこの十三番目の詩集を、陰をつくって憩わせてくれる、今年九十二歳になる母に、今さらではあるが、捧げる。私と一緒にその陰で憩いたがる、青い風に捧げる。アベマキの木に住むリスの澄んだ瞳に、花の枝が折れる時のポキンという音に、眩しい日、陽射しのかけらをついばむ一羽の雀に捧げる。智異山の鄭嶺峙《チョンニョンチ》を越える時に出合った夕暮れのかぼそい陽差しと山おろしの風に捧げ、陰が恋しいあなたに捧げる。

そして、すべての命に、平和の安息がありますように。

ホ・ヒョンマン（許炯万）年譜

一九四五	陰暦十月二十六日に全羅南道順天市で父・許柄、母・申葉徳の間に二男二女の次男として生まれる。五歳から八歳まで書堂で漢学を学ぶ。
一九六三	順天高校在学中、文芸部で活動、同人会「シクラメン」を組織。
一九六五	中央大学国文科入学。文学同人会「正午」を組織。
一九七三	ハクタリ高校の教師となる。『月刊文学』に「冥婚」を発表して本格的な文学活動を始める。
一九七八	金喜と結婚。第一詩集『清明』（平民社）を刊行。『児童文芸』に童詩発表。

一九七九　「木曜詩」同人会を結成。同人誌を発行するも、一九八〇年の光州民主化運動を経て数年後に解散。『円卓詩』に参加し、現在まで同人として活動。小波文学賞受賞。長男出生。

一九八一　実践文学社のムック誌『この地に生きるために』に詩三篇を発表。次男出生。

一九八二　国立木浦大学新聞社編集局長となり木浦に移住。

一九八四　木浦大学国語国文科専任講師。第二詩集『草の葉が神様に』(ヨンオン文化社)刊行。創作と批評社の十七人新作詩集『ついに詩人よ』に詩四篇発表。木浦ワイズマン芸術奉仕賞、全南文学賞受賞。

一九八五　木浦大学新聞社主幹。第三詩集『蚊帳を巻き上げる』(オサン出版社)刊行。

一九八七　第四詩集『キス』（チョネウォン）刊行。エッセイ集『おや、月が出ているね』（オサン出版社）刊行。木浦市南農記念館に詩碑が建立される。

一九八八　アジア詩人会議（台中市）参加。第五詩集『供草』（文学世界社）、第六詩集『この闇の中にうずくまり』（鍾路書籍）、初の評論集『詩と歴史認識』（ヨルム社）刊行。

一九九〇　平和文学賞、全羅南道文化賞（文学）受賞。研究書『韓国の詩と宗教思想』刊行。

一九九一　韓国クリスチャン文協賞受賞。第七詩集『つつじの山川』（黄土）刊行。

一九九二　ウリ文学作品賞受賞。

一九九三　詩選集『夜明け』（テジョンジン）刊行。

一九九四　片雲文学賞優秀賞受賞。

一九九五　第八詩集『トノサマバッタには武器がない』（本を作る家）刊行。

一九九六　木浦大学人文科学学部長、教育学部長。研究書『金允植研究』（国学資料院）刊行。

一九九九　第九詩集『雨の止み間』（文学と知性社）刊行。中央語文学会会長。

二〇〇〇　木浦大学中等教育研修院長。韓性淇文学賞受賞。円卓詩会代表。

二〇〇二　第十詩集『魂の眼』（文学思想社）刊行。八月より中国山東省の煙台大学交換教授。編著書『文炳蘭詩研究』（詩と人間）刊行。童詩「コインひとつ」

が小学六年生の教科書に収録される。

二〇〇三　月刊文学東里賞受賞。編著『現代の若い詩人を読む』（詩と人間社）、中国語訳詩集『許炯萬詩賞析』（詩と人間社）刊行。

二〇〇五　第十一詩集『始発電車』（詩眼）刊行。

二〇〇八　第十二詩集『盲いた愛』（詩と人間社）、詩選集『温かい懐かしさ』（詩と人間社）刊行。『詩文学』一〜三号復刊および現代語注解書（文学思想社）刊行。

二〇〇九　永郎詩文学賞本賞受賞。季刊『詩眼』編集諮問委員。季刊『詩と人間』編集顧問。

二〇一〇　第十三詩集『陰という言葉』（詩眼）刊行。沈連洙文学賞受賞。韓国詩人協会理事。

二〇一一　韓国詩人協会賞、ハンナム文人賞受賞。韓国文人協会理事。チベット文学紀行。季刊『文学エスプリ』編集顧問。

二〇一二　二月二十九日に国立木浦大学を停年退任（緑條勤政勲章）後、名誉教授に任命される。第七十八次国際ペンクラブ大会（慶州）総括委員会委員。詩人の故郷である全羅南道順天市の市立図書館に五十年間所蔵した図書一万五千冊を寄贈。順天市で「詩人許炯萬館」と「詩人許炯萬創作室」が設立される。活版詩選集『陰』（活版工房 十月）刊行。

二〇一三　第十四詩集『燃える氷』（コヨアッチム）刊行。

訳者あとがき

許炯萬氏は、古来、多くの芸術家を生み、今も芸術を愛する人々の住む全羅道の土に根を下ろし、地道に詩作を続けてきた郷土詩人である。

作品選定は、やはり全羅道出身で、詩を愛するクオン社長の金承福による。二〇一二年の『陰』という詩集からたくさん採っているのは、この『陰』自体がその時点で詩人の詩業を集大成したアンソロジーであるためだ。

詩集のあちらこちらで、どこか懐かしい風景や、家族の姿に出会っていただければ嬉しい。

二〇一三年　九月　雷の鳴る残暑の日に

吉川凪

著者
許炯萬（ホ・ヒョンマン）

一九四五年、全羅南道順天市で生まれる。中央大学国文科卒業。一九七三年『月刊文学』に「冥婚」を発表して創作活動を始め、処女詩集『清明』以来、韓国詩壇において「叙情の嫡子」と言われる重鎮である。四十年間の詩歴において、叙情の絶え間ない深化を通じた自己省察と生命思想、他者発見の詩学を見せ続けており、特に言語の触覚が鋭利だ。詩集『燃える氷』（二〇一三）を始め、『陰という言葉』『始発電車』『魂の眼』など十四冊の詩集を刊行し、活版詩選集『陰』、評論集『詩と歴史認識』『永郎　金允植研究』ほか、多数の著書がある。

韓国詩人協会賞、永郎詩文学賞、月刊文学東里賞、順天文学賞、光州芸術文化大賞、全羅南道文化賞（文学）、など多数受賞。

国立木浦大学人文学部長と教育大学院長を歴任し、現在名誉教授。また、中国煙台大学名誉教授、韓国詩人協会理事、国際ペンクラブ韓国本部審議委員長を務めている。

訳者
吉川凪（よしかわ なぎ）

大阪生まれ。新聞社勤務の後、韓国仁荷大学国文科大学院で韓国近代文学を専攻。文学博士。著書として『朝鮮最初のモダニスト鄭芝溶』、訳書に『ねこぐち村のこどもたち』、『リナ』、『この世でいちばん美しい別れ』、『ラクダに乗って』、『都市は何によってできているのか』などがある。

耳を葬る　新しい韓国の文学 09
2014年1月1日　初版第1刷発行
2014年1月10日　初版第2刷発行

〔著者〕ホ・ヒョンマン（許炯萬）
〔訳者〕吉川凪

〔編集〕金承福
〔ブックデザイン〕寄藤文平＋鈴木千佳子（文平銀座）
〔カバーイラストレーション〕鈴木千佳子
〔DTP〕廣田稔明

〔発行人〕金承福
〔発行所〕株式会社クオン
〒104-0052
東京都中央区月島 2-5-9
電話　03-3532-3896
FAX　03-5548-6026
URL　www.cuon.jp

ISBN 978-4-904855-20-1 C0098